D1080362

MORGEN IS HIJ WEG

Van Do van Ranst verscheen bij Davidsfonds/Infodok:
Een pruik en paarse lippen (10+)
Hoge hakken en een hoed (10+)
Ravenhaar (11+)
Dun! (13+)
Mijn vader zegt dat wij levens redden (15+)

DO VAN RANST

Morgen is hij weg

Met illustraties van
HARMEN VAN STRAATEN

Davidsfonds/Infodok

Ranst, Do van
Morgen is hij weg

© 2007, Do van Ranst en Davidsfonds Uitgeverij NV
Blijde-Inkomststraat 79-81, 3000 Leuven
Illustraties: Harmen van Straaten
Vormgeving cover: Peer De Maeyer
Vormgeving binnenwerk: Peer De Maeyer
D/2007/2952/2
ISBN 978 90 5908 211 3
NUR 283
Trefwoorden: echtscheiding

Dit boek kwam tot stand met de steun van het Vlaams Fonds voor de Letteren

1.

In het wit van mama's ogen lijken dunne, bloedrode takjes te zitten. Net een kronkelig wandelweggetje op een van papa's stafkaarten, denkt Lena.

Mama's ogen zijn wel vaker zo bloeddoorlopen. Het is net of ze vanochtend ook meer rimpels heeft dan andere dagen en haar ogen lijken dieper te zitten.

Papa geeuwt de hele tijd. Je kunt zijn stoppels horen als hij de slaap van zijn wangen en kin probeert te wrijven.

Eigen schuld. Hadden ze maar niet zo lang op moeten blijven om ruzie te maken, denkt Lena. Die stomme, stomme, stomme ruzies, elke keer weer!

Lena is het goed zat. Het lawaai van die twee dat door de plankenvloer tot in haar kamer hoorbaar is. De woorden die hard als keien en scherp als spijkers zijn, maar die ze bijna nooit écht verstaat, alsof het hout van de vloer Lena's oren voor zulke woorden wil beschermen. Alleen als ze zich heel goed concentreert, met haar ogen dichtgeknepen en haar handen op haar oren tegen het geraas op straat, kan Lena af en toe een woord verstaan.

'Egoïst.'

'Lafaard.'

'Dwaas.'

Het zijn woorden uit mama's mond.

Lena hoort papa nooit terugroepen. Papa is een stille.

Altijd. Soms zegt hij een halve dag geen woord. Soms langer.

Als je geluid maakt, schrikken de vogels op, zegt hij.

Nu zijn ze allebei stil. Ze zitten aan de tafel die Lena, zoals elke zaterdag, samen met Stef gedekt heeft.

Zelfs als mama stil is, beweegt ze. Ze kan nooit eens gewoon niks doen. Ze krabt aan haar oor en aan haar neus, alsof er de hele tijd een plagerig beestje heen en weer springt.

Mama's ogen schieten voor een seconde naar Lena, dan naar Stef en dan naar papa. Dan weer naar Lena, naar Stef en naar papa. Lena krijgt er de kriebels van.

Uiteindelijk houden mama's ogen halt bij die van papa.

Papa knikt. Alsof hij met iets akkoord gaat wat hij met mama in stilte heeft afgesproken. Papa gaat bijna altijd akkoord. Dat spaart hem een hoop woorden.

Mama trekt de ceintuur van haar badjas wat strakker en legt haar handen met opengespreide vingers voor zich op tafel.

'Jullie hebben ons gisteren…' Ze aarzelt en kijkt weer even naar papa. Hij knikt nog een keer.

'Ruzie horen maken', zegt ze. En dan tuurt ze strak door het raam, om naar niemand te hoeven kijken.

Lena zit overdreven te knikken in de hoop dat ze er mama's ogen mee vangt. Maar het lukt niet.

'Ik heb geen oog dichtgedaan', zegt Lena. Ze probeert zo boos mogelijk te klinken. Nu mag het.

'Sorry,' zegt mama, 'ik wist niet dat we zo hard…' Weer houdt ze op. Nu kijkt ze wel naar Lena. 'Dan heb je alles gehoord?' vraagt ze.

Lena haalt haar schouders op. *Egoïst*, denkt ze. Maar ze zegt het niet. *Lafaard. Dwaas.*

'Mama, ik vind het rot dat jullie ruzie maken!'

Stef legt voetbalplaatjes op hoopjes, maar hij voelt Lena's ogen in zijn nek prikken. Hij kijkt op. 'Ik ook', zegt hij. Lena aait zijn rug. Hij verlegt een plaatje.

'We zullen niet langer ruzie maken', zegt papa ineens.

Lena schrikt ervan. Niet van wat hij zegt, maar van zijn stem. Alsof ze die al heel lang niet meer heeft gehoord.

'Ik ga een poosje weg.' Hij fluistert, want hij heeft de schrik in hun ogen gezien.

Niemand zegt iets. Mama niet, Stef niet, Lena niet. Een paar tuinen verderop hoort ze een grasmaaier starten. Een hinderlijk geluid waar Lena nu blij om is.

Stef is de eerste die reageert. 'Hoe lang?' vraagt hij.

Papa haalt zijn schouders op.

Mama kijkt naar zijn mond. 'Morgen is hij weg', zegt ze in zijn plaats.

Typisch mama, denkt Lena. En het is niet eens een antwoord op de vraag.

2.

Morgen is hij weg.

Lena herhaalt het zinnetje wel tien keer in haar hoofd. Twintig keer. Dertig keer. Honderd!

Ze kan maar beter ophouden, want hoe meer ze erover nadenkt, hoe minder ze lijkt te begrijpen wat die vier woorden nu eigenlijk betekenen.

Morgen

is

hij

weg.

Zelfs elk woord afzonderlijk is vreemd.

Of de woorden door elkaar:

Weg

morgen

hij

is.

Raar, denkt Lena. Een halfuur geleden was het een zaterdagochtend zoals alle andere. Een ochtend met broodjes, koffie, melk, jam en roereieren. Cornflakes voor Stef, want er zitten voetbalplaatjes in de verpakking.

Mama in badjas en papa al in zijn kleren, omdat hij altijd erg vroeg opstaat om de vogels te horen ontwaken. Elke ochtend weer.

Stef heeft zijn voetbalshirt aan omdat hij straks naar de training gaat. In dat shirt zou hij zelfs gaan slapen.

Papa zit met zijn neus in de krant.

Het raampje boven de gootsteen op een kier. Of het nu zomert of wintert.

'Jullie zullen wel een heleboel vragen hebben', zegt mama. Ze
kijkt indringend naar Lena en naar Stef. Lena wordt haast on-
gemakkelijk van de rode takjes.

Ze sluit haar ogen en denkt: morgen is hij weg.

Ze denkt het traag, in de hoop dat ze op een vraag komt die
past bij zo'n zin. Maar dat gebeurt niet. Dan opent ze haar
ogen.

De enige vraag die er bij haar op komt is wie er nu eigenlijk
het eerst een broodje uit de mand zal nemen, want ze sterft
zowat van de honger. Of is het van de zin? Want de broodjes 's zaterdags zijn honderd keer lekkerder dan het gesneden
brood in de week.

Moesten ze nu zo nodig op zaterdag met zoiets aankomen,
denkt Lena. Zaterdag is broodjesdag, niet moeilijke-dingen-
dag. En op zaterdag is er ook nog eens zoveel tijd. Zoveel tijd
om na te denken over een zin die ze niet echt begrijpt en over
vragen die ze niet heeft. Haar maag gromt.

'Waar gaat papa naartoe?' vraagt Stef ineens. Hij likt een snor van melk weg.

Waarom kom ik niet op die vraag? denkt Lena. Ik ben toch elf en Stef pas zeven?

'Gewoon', zegt mama.

Gewoon, denkt Lena. Wat een stom antwoord!

'Ga je naar de hut?' wil Stef weten. Zijn ogen schitteren. 'Ja, je gaat natuurlijk naar de hut', antwoordt hij zelf, omdat papa blijft zwijgen.

De hut in het Buitenbos. Papa gaat er een paar keer per week en ieder weekend heen. En de laatste tijd nog vaker. Soms blijft hij er ook slapen.

Daar ontwaken de vogels nog vroeger dan hier, heeft hij een keer gezegd. Dan kun je maar beter blijven slapen.

'Joepie! Naar de hut!' roept Stef.

Af en toe gaat Stef mee naar het Buitenbos. Dat vindt hij haast net zo leuk als voetballen, ook al moet hij er muisstil zijn.

Papa neemt een broodje en snijdt het doormidden. Dan kijkt hij naar mama. Hij legt het mes geluidloos op het bord. Iets wat Lena nooit lukt, hoe vaak ze het ook probeert.

'Ik kan inderdaad eerst een tijdje naar de hut gaan', zegt hij. Hij plukt een kruimeltje van de tafel en stopt het in zijn mond.

Mama knikt.

Lena haat het dat zij geen vragen kan vinden en Stef wel. En wat ze nog meer haat is dat hij blijkbaar ook de antwoorden weet.

'Maar je kunt niet mee, Stef', zegt papa. Hij kijkt Stef niet aan.

'Dan ga ik wat ballen trappen', antwoordt Stef. Hij schuift van zijn stoel en loopt weg. Lena vindt het zielig, maar ze weet niet waarom.

Vandaag lijkt het of ze niks weet.
Lijkt
Vandaag
Het
Ze
Alsof…
Lena vloekt in zichzelf. Ze neemt een broodje en hapt er een veel te groot stuk uit. Ze voelt zich een kleuter.

3.

Stef schopt in de tuin ballen in het doel. De haakjes waarmee het net is vastgemaakt, tikken tegen de metalen palen.

Het lijkt wel of hij harder trapt dan anders, denkt Lena.

Of komt het door de stilte in huis? Ze kan zichzelf horen kauwen op haar broodje en mama horen drinken van haar koffie.

Gelukkig komt Stef puffend de keuken in gerend. Zijn haren plakken op zijn bezwete voorhoofd.

'Dorst', hijgt hij. In één teug drinkt hij een half glas melk leeg.

Bij het aanrecht staat mama naar hem te kijken.

'Je kunt maar beter niet gaan voetballen vandaag', zegt ze. Dan draait ze zich om en doet iets in de afwasbak. Stef blijft een ogenblik bewegingloos staan, met zijn glas aan zijn lippen, om het dan met een knal op tafel neer te zetten. Hij veegt met de rug van zijn hand zijn mond schoon.

'Hè?' doet hij.

Lena denkt net hetzelfde.

'Ik wil straks wel een paar ballen met je trappen', stelt papa voor, ineens, zonder Stef aan te kijken.

Zijn langste zin vandaag, denkt Lena. In weken misschien.

'Hoeft niet', zegt Stef.

'Oh', doet papa. Hij gaat verzitten op zijn stoel.

Als papa morgen weggaat… denkt Lena, dan wil dat zeggen dat hij er enkel vandaag nog is. Ze weegt de gedachte in haar hoofd. Langzaam: als papa morgen weggaat, wil dat zeggen… dat hij misschien de hele dag leuke dingen met ons wil doen.

Of dingen waarvan hij dénkt dat wij ze leuk vinden?

Stom! Lena vindt het stom, stom, stom!

Dat kon hij gisteren toch al? Of de dag daarvoor en alle andere dagen daarvoor?

Zou hij *weten* wat ik leuk vind? vraagt ze zich af. Zou hij weten dat ik het allerliefst thee drink met Beer, Giraf en de dames Dons?

Wanneer ze papa in gedachten op een van haar rieten kinderstoeltjes ziet zitten, met zijn pink in de lucht en een speelgoedkopje aan zijn mond, moet ze bijna lachen. Maar ze houdt zich in.

Lena kijkt papa aan.

Hij zit een beetje onderuitgezakt in zijn stoel. Hij zit natuurlijk te wachten tot Stef reageert. *Oké, voetballen met papa!* Of zoiets. Of misschien is hij juist opgelucht omdat Stef zei dat het niet nodig is.

Stef loopt de keuken uit en niemand zegt nog iets.

Misschien duurt vandaag langer dan alle dagen samen toen hij morgen nog niet wegging, denkt ze.

4.

Een poosje later staat Lena bij haar slaapkamerraam naar Stef en papa in de tuin te kijken.

Papa schopt de bal naar Stef.

Stef schopt de bal voorzichtig terug. Alsof papa van glas is.

Papa doet anders wel erg zijn best, vindt Lena.

Hij stuurt hoge ballen op Stef af. Soms laat hij, voor hij trapt, de bal een paar keer tussen zijn beide voeten heen en weer rollen. En hij kan de bal zes keer vangen met zijn hoofd.

Lena vindt dat hij het niet slecht doet. Maar ze onderdrukt de gedachte. Hij heeft precies één dag om te laten zien wat hij allemaal kan, denkt ze.

Want morgen is hij weg.

Ze ziet papa zweten en naar adem happen.

Lena probeert zich de tuin voor te stellen zonder hem. Niks vreemds aan, denkt ze. Dat hij daar staat te voetballen is misschien vreemder dan dat hij morgen weg is.

Ze zou het raam kunnen openen en hem dat toeroepen. Maar hij zou het niet eens horen. De woorden zouden door de wind uit elkaar geblazen worden. Zo licht zijn ze.

'Weet je dat hij vroeger in de eerste ploeg speelde?'

Lena schrikt van mama, die in de deuropening staat.

Ze heeft haar handen in haar zakken, haar ogen onderzoeken de kamer.

'Papa, in de eerste ploeg?' Lena probeert er een beetje spottend om te lachen. 'Zal wel!'

'Echt', houdt mama vol. 'Lang geleden.' Ze gaat op Lena's bed zitten.

'Ben je voor zijn voetbalkuiten gevallen, misschien?' vraagt
Lena. Ze gaat naast mama zitten.

Mama's lippen trillen omdat ze willen glimlachen, maar mama houdt het tegen. 'Ik geloof het wel', zegt ze dan. En even

kan er een bijna onzichtbaar lachje af. 'Maar ook wel op zijn donkerbruine krullen. En hij droeg altijd rare jasjes die geen enkele andere jongen droeg', zegt ze.

Die krullen kent Lena van foto's. Want zolang Lena het zich kan herinneren is papa's haar altijd tot op zijn schedel kortgeknipt.

De rare jasjes kent Lena ook van foto's. Jasjes in de meest vreemde kleuren, met grote ruiten en stiksels op de ellebogen. Lena kent zijn broeken, zijn hemden, zijn handen, zijn ogen, zijn bril, zijn neus... van foto's.

Ze zucht en gaat weer bij het raam staan.

Als ik hem na vandaag mis, pak ik gewoon het fotoalbum, denkt ze. Een papa van fotopapier is alles bij elkaar nog lekker makkelijk.

Een papieren papa, denkt Lena.

Eigenlijk zijn het de woorden van Stef, na een fikse ruzie vorige week. Het was er een met veel lawaai, nog meer lawaai dan anders. Zelfs papa was hoorbaar.

Ze gooiden naar elkaar, mama en papa. Niet met dingen die stukvliegen tegen muren, maar met woorden. Die gaan gelukkig dwars door muren heen, zonder te breken. Tot op Lena's kamer.

'Ik ben verdomme wél hun vader', had papa geroepen.

'Hun vader?' schreeuwde mama terug. Het leek of ze hem uitlachte. 'Op papier, zul je bedoelen!'

Lena had er niks van begrepen. Ze voelde wel dat het bikkelhard was wat mama had geroepen, want ineens werd het akelig stil in huis.

De volgende ochtend zei Stef: 'Lena, we hebben een vader op papier.'

De woorden hadden ook zijn kamer bereikt. Lena had haar arm troostend om zijn schouder gelegd. Ook al wist ze eigenlijk niet waarom, want wat betekende dat, een vader op papier?

'Maar dat geeft niet, hoor,' zei Stef, 'die kun je uitknippen en tegen de muur hangen!'

Uitknippen, denkt Lena.
Of wegsnijden.

Diezelfde avond had ze Stef aan de keukentafel in tijdschriften zien knippen.

'Allemaal papa's', zei hij. Hij plakte de smalle benen van een acteur onder een veel te groot bovenlichaam van een minister. De armen hoorden bij een doelman met handschoenen aan. Het hoofd was van een zanger zonder haar. Zo maakte hij wel zes grappige papa's.

Het was lang geleden dat Lena om papa had moeten lachen.

5.

'Waarom vertellen jullie het nu pas?'

Lena zit weer naast mama op het bed. Buiten tikken de haakjes van het net onverminderd door.

Wat houdt hij het lang vol, denkt Lena.

'Omdat...' zegt mama. 'Ach!' En ze kijkt van Lena weg.

'Hebben jullie dat al lang geleden zo afgesproken?' vraagt Lena.

Mama denkt na. Ze aait de binnenkant van haar arm. 'Toch al een poosje', zegt ze.

'Een poosje', herhaalt Lena en ze vraagt zich af hoe lang een poosje dan wel duurt. Bestaat er een boek waarin dat uitgelegd wordt?

'Verdorie! Dan hadden wij dat toch al langer mogen weten?'

'Je weet hoe hij is', zegt mama.

Bijna knikt Lena. Maar ze herhaalt in zichzelf wat mama zegt. *Je weet hoe hij is.* En ze probeert zich iets van papa voor de geest te halen dat zegt hoe hij is.

Hij is... hij is... hij is... gaat het door haar hoofd.

'Het is zo'n stille', zegt mama, alsof ze Lena's gedachten kan lezen en haar te hulp schiet. Maar dat hij zo'n stille is, daar was Lena allang achter.

Papa is natuurfotograaf. Hij heeft zich gespecialiseerd in kiekjes van vogels.

Dat betekent dat hij 's morgens vroeg een mooie plek in het bos uitzoekt en daar gaat wachten op een vogel waarvan hij een foto zal nemen. Soms duurt het uren voor er een vogel langskomt. Soms komt er helemaal geen. En als er dan één komt, wil het nog niet zeggen dat die iets doet wat de moeite waard is om een foto van te nemen.

Papa kan heel stil zijn en heel lang geen enkele beweging maken. Dat is nodig om de vogel niet te laten opschrikken als die in zijn vizier op een tak is neergestreken. Papa kan zelfs geruisloos lopen. Hij koopt daarvoor speciale broeken die je niet hoort als de pijpen tegen elkaar wrijven bij het lopen. Bijna al zijn kleren zijn groen. Dat is om niet op te vallen tussen de bladeren, de bomen en het gras. Hij heeft soms ook een muts op om op de vogels te wachten. Want hij wacht ook in de winter.

Maar als hij niet in het bos of bij de hut ligt te wachten en gewoon thuis is, draagt hij ook zijn groene kleren en is hij ook stil. Zo stil dat het lijkt of hij denkt dat mama, Stef en Lena ook vogels zijn die hij niet wil laten opschrikken.

'Misschien heeft hij tot nu gewacht om ons niet aan het schrikken te maken', zegt Lena, een beetje tegen zichzelf en een beetje tegen mama.

'Ja, dat denk ik ook', zegt mama. Ze knikt een paar keer. En naarmate het meer en meer lijkt door te dringen wat Lena beweert, knikt ze feller. 'Dat is het', bevestigt ze.

'Stom, hoor!' roept Lena. Ze gaat naar het raam. De tuin is leeg. De bal ligt in het doel. Misschien zijn ze wat te drinken halen, denkt Lena. Ze tuurt in de richting van de achterdeur waarvan ze een klein stukje kan zien als ze haar wang tegen het glas drukt. Maar ze ziet niemand. Hij was toch aan het voetballen met Stef?

Dan balt ze haar vuisten en denkt: nu ben ik hem verdomme nog aan het zoeken!

6.

Even later staat Stef bij de rododendron te koppen.

Zonder papa.

Lena telt hoe vaak hij de bal kan opvangen.

Een, twee, drie, vier.

Hij probeert het nog een keer.

Een, twee, drie.

Stef trapt de bal zo hard hij kan in het net.

Vanachter haar slaapkamerraam kan Lena hem niet horen, maar ze ziet dat hij scheldt. Hij haalt nog een keer uit en laat zich dan naast de bal in het gras vallen.

Hij is kwaad omdat hij het geen zes keer kan. Zoals papa. Lena moet een beetje om haar broer lachen.

Misschien is hij gewoon verdrietig, denkt ze. Verdrietig omdat papa weggaat. De gedachte wordt als een bal in haar buik getrapt.

Verdriet. Daar had ze nog niet eerder aan gedacht.

Ben ik verdrietig, vraagt ze zich af. Ze schudt haar hoofd.

Als dat werkelijk zo was, dan hoefde ze het zich nu niet af te vragen.

Het doet haar aan Lander denken.

Lander is Lena's beste vriend. Zijn ouders zijn uit elkaar.

Ze kan zich nog goed herinneren hoe ontroostbaar Lander was toen zijn ouders het vertelden. Twee weken bleef hij van school weg. Zo erg was het met hem gesteld. Hij at niet en sliep niet. Hij huilde alleen. Even leek het erop dat hij in het ziekenhuis moest worden opgenomen.

Lena kan best begrijpen dat hij zo verdrietig was. Niemand had zo'n leuke vader als Lander. Als hij iets zei, was het bijna altijd grappig. Hij speelde gitaar en mondharmonica, droeg te gekke kleren en kleurde zijn haar rood!

Met zo'n vader zou ik net zo verdrietig zijn, denkt Lena.

'Ik kijk er niet van op', had Lena's mama een keer gezegd toen ze hoorde dat Landers vader iemand anders had. 'Dat heb je met die praatjesmakers.'

Lena weet nog dat ze zich toen afvroeg of een stille papa dan misschien niet eens zo slecht was.

Lena denkt aan twee jaar geleden.

Misschien was het toen begonnen.

Papa had vakantie genomen om de zolder in te richten.

Hij schilderde de muren, schuurde de plankenvloer op en trok elektriciteitskabels van de slaapkamer naar de zolderkamer. Hij zette een stellingkast in elkaar voor al zijn fotoboeken en verhuisde zijn metalen archiefkasten met wel tienduizend foto's van de woonkamer naar de zolder.

En hij plaatste er een bed.

Lena had hem geholpen om het bed in elkaar te zetten.

Het was een lastige klus, want de beddenbak was heel zwaar en sommige schroeven waren te groot of te klein of hadden geen schroefdraad. Ze hadden hun handen tegen elkaar geslagen toen het hen uiteindelijk toch gelukt was.

Het was een eenpersoonsbed.

'Daar kunnen jullie nooit allebei in', had Lena opgemerkt. Ze dacht eerst nog dat mama en papa samen op zolder gingen slapen. Stiekem had ze gehoopt dat zij nu de grote slaapkamer kreeg. In haar gedachten had ze die al helemaal ingericht. Met een eigen schrijftafel en een bed op hoge poten met een laddertje.

'Dit bed is voor mij alleen', had papa gezegd, haast onhoorbaar. Alsof er een vogel in de buurt was.

Lena wist ook wel dat volwassenen met z'n tweeën in één bed slapen en dat dit dus best vreemd was.

'Als ik laat heb zitten werken, heeft mama niet zo graag dat ik haar wakker maak wanneer ik met mijn ijskoude voeten bij haar in bed kruip', zei papa, toen Lena's ogen om uitleg vroegen. Hij maakte een geluid dat op lachen leek, aaide over Lena's hoofd en zei iets over hoe handig hij haar wel vond.

Morgen

is

hij...

Hoe kán ik verdrietig zijn?

Want eigenlijk was hij dat al.

Weg!

Morgen is hij gewoon nog iets meer weg dan anders, denkt Lena.

7.

Zou hij…

Lena denkt nog steeds aan Lander en zijn vader die wegging omdat hij een andere vrouw had leren kennen. Juist daarom was Lander zo verdrietig en vooral heel erg boos.

Lena gaat op het bed liggen.

Zou haar papa… Nee! Ze schudt haar hoofd. Niet papa.

Ze moet haast lachen om zo'n gekke gedachte.

Papa draagt sombere, donkergroene kleren om niet op te vallen. Hij verbergt zich en zegt geen woord. Hij lijkt wel bang voor mensen. Waarom zou hij er dan nog een mens bij willen hebben?

Gelukkig kon Lander het snel goed vinden met zijn vaders nieuwe vriendin.

Ze werkt in het theater en toevallig wil Lander later acteur worden. Dat komt nog goed uit!

Die nieuwe vrouw vertelt net zo vaak grappen als Landers vader. Soms zelfs betere! Ze speelt contrabas en heeft evenveel praatjes.

De praatjesmaker en de praatjesmaakster, denkt Lena.

Lena moet aan haar mama denken. Die praat honderduit.

Stel je voor dat papa iemand ontmoet heeft met wie hij samen stil kan zijn. Iemand die geruisloze kleren draagt en net zo lang op vogels kan liggen wachten zonder dat ze zich gaat vervelen.

Lena drukt haar hoofd in een van haar kussens.

Misschien heeft ze wel een manege, denkt ze. Misschien dresseert ze paarden. Misschien... Bijna voelt Lena een glimlach om haar mond.

Tegelijkertijd kan ze zich haast wel voor het hoofd slaan. Waarom denkt ze zoiets onnozels terwijl er zoveel andere dingen zijn om aan te denken?

Maar welke dingen? Waarom lijkt ze maar niet op de dingen te komen waar ze verdrietig van wordt?

Want je hoort toch verdrietig te zijn als je vader morgen weg is?

8.

'Lena!'

Mama roept beneden aan de trap.

'Eten!'

Lena zondert haar oren van de wereld af. Lander at niks, ik eet ook niks, denkt ze.

Maar terwijl ze het denkt, vindt ze het al stom.

Want Lena kan elke minuut van de dag eten. Wát er ook gebeurt. Voor haar leeftijd is ze eigenlijk een paar kilootjes te zwaar, zeggen mama en de huisarts en de rest van de wereld. Maar dat kan haar geen moer schelen.

Eten kan ik heus wel, denkt Lena. Er mogen morgen nog honderd papa's weggaan. Zeker als het stille, papieren papa's zijn.

Toch gaat Lena niet naar beneden. Ze kan de kip en de aardappelen tot in haar slaapkamer ruiken. Zelfs met haar gezicht diep in het kussen gedrukt.

Als mama voor de derde keer roept, draait Lena haar kamerdeur op slot. Ze pakt twee schoenendozen uit haar speelgoedkist en gaat naast de kleine stoeltjes en de poppentafel in de hoek van haar kamer op de grond zitten.

Uit elke schoenendoos komen twee pluchen hoofden piepen.

'Hier ben ik weer, dames', fluistert Lena. Eerst zet ze de dames Dons op een stoel. Ze moet flink op hun met veren gevulde buik duwen, zodat ze een beetje deftig blijven zitten.

Beer en Giraf zijn makkelijker. Die zijn wat steviger gemaakt en hebben rijst in hun buik. Aan de poten van Beer kun je draaien tot hij zit als een mens.

'Lang geleden, hè', zegt Lena tegen Beer en Giraf.

'Zal ik theezetten?' vraagt ze.

'Graag!' zeggen ze tegelijk in Lena's hoofd.

'Goed dan.' Uit haar speelgoedkist diept ze een chique thee-pot en zes blauwe kopjes op.

Lena dekt het poppentafeltje met een fris gewassen bloe-menkleedje en zet zichzelf, de dames Dons, Beer en Giraf een kopje voor. Met een vinger op het sierlijke hoedje van de thee-pot giet Lena de kopjes vol ingebeelde thee.

Lena vult ook het zesde kopje.

'Voor wie is dat?' vraagt een van de dames Dons.

'Ik denk dat we visite krijgen', zegt Lena.

9.

'Morgen is hij weg', zegt Lena tegen de dames en de dieren, nadat ze een paar keer stilletjes aan hun kopje hebben zitten nippen.

'Mijn papa', verduidelijkt ze, omdat de dames Dons niet meteen weten wie ze bedoelt.

Lena zit hen afwachtend aan te kijken.

Hoe kunnen zij weten wat ze moeten zeggen als ik het zelf niet weet, denkt Lena.

'Hij gaat in de hut wonen', zegt ze.

Beer wil weten hoe lang.

'Een poosje.'

'Dat weet ik niet', zegt Lena een beetje geprikkeld tegen Giraf, omdat die wil weten hoe lang een poosje dan wel is.

'Ik denk dat een poosje heel kort kan zijn, maar dat het net zo goed een hele tijd kan zijn', zegt Giraf.

Beer zegt dat papa het misschien zelf niet eens weet.

Lena knikt. Misschien zeggen mensen dat, als ze het nog niet helemaal weten. Of misschien betekent een poosje zelfs dat je nog terugkomt.

'Denken jullie dat ook?' vraagt Lena aan de dames en de dieren.

Maar die zitten ineens uitdrukkingsloos achter hun kopje thee.

'Als ik eens een keer heel erg graag een antwoord wil, zeggen jullie niks', zegt Lena boos. En ze giet alle kopjes nog eens vol.

Behalve het ene dat nog onaangeroerd is gebleven.

'Lena, kom je nou?' roept mama van beneden.

Lena klemt haar lippen op elkaar.

'Lena!'

'Sst!' doet Lena naar de dames Dons, want dat zijn de grootste kletskousen.

Ze hoort de deur van de gang weer in het slot vallen.

'Ik heb geen zin om aan tafel te gaan', fluistert Lena tegen Giraf, die wil weten waarom ze niet naar beneden gaat.

'Gewoon... omdat ik geen honger heb!' Giraf kan je soms de oren van het hoofd vragen.

'Daarbij, het hoort zo', zegt Lena, ook al heeft niemand iets gevraagd. 'Als je papa weggaat, krijg je geen hap door je keel.'

'Van verdriet, ja!' zegt ze tegen Beer, die haar vol ongeloof zit aan te kijken. 'Zou jij dan niet ongelukkig zijn als je vader er ineens vandoor ging?' vraagt ze hem.

Beer knikt. En Giraf ook.

De dames Dons moeten eerst nog eens overleggen, maar besluiten dan toch dat ze er het hart van in zouden zijn als hun vader morgen zomaar weg zou gaan.

'We zouden huilen', zeggen ze. Giraf ook. 'Tranen met tuiten!' En Beer ook. Hele dagen zou hij zitten snotteren.

'Echt?' vraagt Lena. En ze slaat haar ogen neer. Ze voelt de blikken van de dames en de dieren prikken.

Waarom zitten ze haar zo aan te kijken? Lena laat haar ogen langs de ogen van Beer, Giraf en de dames Dons glijden. Ze kijken Lena recht in het gezicht. Diep in haar droge ogen.

Lena knijpt ze stevig dicht. Zo stevig dat haar gezicht vol gekke rimpels staat. Beer moet erom lachen.

Daar gaan je ogen van tranen, weet Lena.

Als Beer en Giraf zouden huilen, mag zij best krokodillentranen hebben.

10.

Het eten zal nu wel op zijn, denkt Lena.

Giraf zegt dat zijn thee al ijskoud is. Hij kijkt naar het zesde kopje.

'De thee van wie?' vraagt Lena, tegen beter weten in.

'Van je papa.'

'Die thee was niet voor hem, hoor', zegt Lena. Ze wendt haar hoofd af.

Beer zegt dat het wel voor hem was.

'Nietes, ik zei dat we misschien visite kregen, domoor', bromt Lena. 'En ik heb ook niet gezegd wie er kwam.'

Lena heeft ineens veel zin om de dames Dons, Giraf en Beer op te bergen. Aan bemoeizieke knuffels heeft ze niks.

'We kunnen er maar beter mee ophouden voor vandaag', zegt Lena koppig. Net op het moment dat ze de theekopjes in elkaar heeft gezet, wordt er op haar kamerdeur geklopt. Lena's hart gaat wild tekeer.

Ze kijkt naar Beer, de dames en Giraf. Maar die geven geen kik.

'Lena?' Papa zet zijn zachtste stem op, alsof het nacht is en iedereen slaapt.

Kon ik maar doen alsof ik sliep, denkt ze. Met een trillende hand zet ze de deur op een kier, draait zich om en loopt met vederlichte benen naar het slaapkamerraam.

Lena krijgt de kriebels van de gedachte dat hij al zeker een minuut in haar kamer staat en nog geen woord heeft gezegd. Ze staart naar het doel en de bal in de tuin.

'Ik wist niet…' zegt ze.

Maar net op dat moment wil papa ook iets zeggen. 'Je moet…'
begint hij.

Allebei moeten ze een beetje lachen om het toeval en ze kijken dan elk een andere kant op.

'Je weet het hier gezellig te maken', zegt papa. Hij kijkt goedkeurend de kamer rond. Het lijkt alsof hij er voor de eerste keer komt.

'Wat wilde je zeggen?' vraagt Lena.

'Dat je moet eten', zegt papa. 'Het is niet gezond…'

'Ik eet sowieso al te veel', zegt Lena. 'Deze ene keer kan het heus geen kwaad.'

'Doe niet zo mal. Jij eet niet te veel…'

'Jawel', zegt Lena. 'Vraag dat maar aan mama en aan de dokter.'

'Oh…'

Lena ziet hem raar kijken. 'Dat wist ik niet', zegt papa.

'Nee, dat zal wel niet', hapt Lena. Ze draait zich met haar rug naar hem toe.

'En jij?' hoort Lena papa vragen.

'Wat?'

'Wat wilde jij zeggen?'

'Dat ik niet wist dat jij zo goed kon voetballen', zegt Lena. Ze kijkt naar de lege tuin.

Lena probeert zich een beeld te vormen van hoe papa haar nu staat aan te kijken. Ze probeert zich zijn gezicht voor de geest te halen, een beetje verlegen misschien, na haar complimentje over het voetbal.

Maar het lukt niet. Er vormt zich in haar gedachten een hoofd met ogen en oren en een neus die niet bij elkaar passen en evengoed van iedereen zouden kunnen zijn. Alsof ze door Stef uit verschillende gezichten uit tijdschriften zijn geknipt.

'Ik was vroeger…' begint papa.

Maar Lena onderbreekt hem. 'We weten heel veel niet van elkaar, hè?' Ze probeert hem zo streng mogelijk aan te kijken. Ze kruist haar armen hoog boven haar borst. Haar stem klinkt fel. Een beetje zoals die van mama. Als ze het zou willen, gooide ze haar woorden door alle muren van het huis. Geen enkele plankenvloer zou ze onverstaanbaar kunnen maken.

Papa weet er zich duidelijk geen raad mee. Hij kijkt naar de grond en krabt in zijn nek.

Nu zoekt hij naar een zin waarmee hij zich veilig uit de voeten kan maken, denkt Lena. Maar ze geeft hem geen kans.

'Ik heb theegezet', vertelt ze. En ze loopt naar Beer, Giraf en de dames Dons.

'Ga zitten, papa', zegt ze. Ze wijst naar een rood, rieten kleuterstoeltje.

'Eh…' doet hij.

'Dit zijn de dames Dons', doet Lena er nog een schepje bovenop. 'En dit zijn Beer en Giraf.'

Papa gaat wat onwennig op het stoeltje zitten. Het is best een gek gezicht. Zijn knieën bijna op gelijke hoogte met zijn schouders.

'Ik wist niet…'

Al onze zinnen beginnen met Ik wist niet, denkt Lena. 'Ja, ik drink nog altijd thee met mijn knuffels', zucht ze.

'Grappig', vindt papa, terwijl hij zich duidelijk zit af te vragen wat er nu gaat gebeuren.

Lena voelt zich ineens machtig. Zoals hij daar zit tussen de pluchen beesten, in de speelhoek van haar kamer.

'En nu gaan we theedrinken.' Lena laat hem geen keuze en zet haar papa het kopje voor.

'Dank je, Lena', zegt papa.

'De thee is al bijna koud, hoor. Hij staat er al een tijdje.' Lena schenkt de overige kopjes nog eens vol.

'Jullie hadden me dus verwacht?' vraagt papa.

Ze knikt, een beetje verbaasd dat hij dat doorheeft. 'We zaten al een tijdje te wachten.' Ze kijkt schuin naar Beer en Giraf omdat ze nu toegeeft dat het kopje wél voor papa bedoeld was. Beer en Giraf kijken een beetje hooghartig terug.

'Dan zal ik er maar eens van drinken', stelt papa voor. Hij neemt het oortje van het kopje tussen zijn veel te grote duim en wijsvinger en nipt met geheven pink. Ondertussen kijkt hij

Lena over de rand van het kopje aan.

Lena kan een glimlach nog net onderdrukken. 'Lekker?' vraagt ze.

'Hmm', doet papa. En hij raakt bij het neerzetten van de kop met zijn andere hand zijn buik even aan. 'Lekker.'

'Ik had koekjes willen kopen...' fluistert Lena. Ze slaat haar ogen neer en wacht op een reactie van papa.

'Och, dat hoeft niet, hoor', antwoordt hij op een toontje dat past bij het spel.

'Maar ik was niet voorbereid.' Lena probeert zo ernstig mogelijk te klinken.

Het lijkt of papa er geen flauw benul van heeft hoe ernstig ze wel is. 'Ach, ik was in de buurt en ik dacht, ik wip even binnen', lacht hij lollig.

Lena kijkt hem indringend aan.

'Wat?' Papa's mond blijft voor de rand van het kopje hangen, omdat hij net nog een keer wilde nippen.

'Je had wel iets kunnen zeggen, pa!'

Papa's blik verraadt dat hij nu wel doorheeft dat Lena het niet over het bezoekje heeft, maar over weggaan. Morgen al.

Hij slaat zijn ogen neer. 'Oh', zegt hij.

'Ja, oh', aapt Lena hem laag na.

Papa zou liefst van alles iets willen zeggen over dat na-apen, dat het onbeleefd is, maar hij schudt gewoon zijn hoofd.

'Het is niet makkelijk, meisje', fluistert hij.

'Dan blijf je toch gewoon hier', hoort Lena zichzelf zeggen. Ze schrikt dat ze dat zegt.

Papa kijkt haar aan, maar dan zonder haar ogen te raken. Dan schudt hij zijn hoofd opnieuw, maar krachtiger deze keer. 'Je hebt ons genoeg horen ruzie maken...'

'Mama!' verbetert Lena.

'Wat, mama?'

'Ik hoorde altijd alleen maar mama. Jou nooit.'

Papa gaat meteen in de aanval. 'Jawel, hoor. Ik…'

'Weet je dat ik soms schrik van je stem?' vraagt Lena.

Papa's mond blijft openstaan, omdat hij bezig was met praten, maar ook omdat hij onder de indruk is van wat Lena net zei.

'Soms zeg jij een hele dag niks', zegt ze.

Papa's mond valt dicht. Waarmee hij Lena's woorden onderstreept.

Er wordt een tijdje niks gezegd. Zelfs de dames Dons zijn stil.

'Ik zal wel niet zoveel te vertellen hebben, zeker', zegt papa ineens een beetje flauw.

'Jij hebt juist een heleboel te vertellen!' roept Lena zo hard ze kan, want deze woorden mogen alle kamers vullen. 'Je gaat morgen weg! Waarom, waarheen, hoe lang, kom je nog terug,

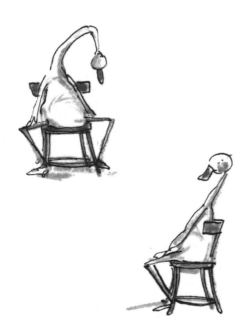

heb je iemand anders? Daar kun je toch uren over vertellen?'
Ze schopt tegen het tafeltje. Het tafeltje schuift tegen de stoel
van Giraf. Giraf valt op de grond en Lena begint te huilen. En
het zijn geen krokodillentranen. Het zijn beren- en giraffen-
tranen en alle tranen van de dames Dons samen.

Papa gaat naast haar op het tapijt zitten en houdt Lena stevig
vast. 'Huil maar', zegt hij.

Door haar huilen heen vraag Lena zich een ogenblik af of
papa werkelijk opgelucht klinkt.

11.

'Jij nog thee?'

Lena knikt.

Papa schenkt traag haar kopje vol.

'Dank je', zegt Lena. Ze denkt: als er werkelijk thee inzat, dan zaten we er nu tot aan onze enkels in. Ze wrijft haar ogen en haar wangen droog.

Papa heeft Giraf terug op zijn stoel geholpen en hem ook een vers kopje thee voorgezet. 'Hij heeft gelukkig geen hersenschudding', stelt hij Lena gerust.

'Wat je niet hebt, kun je niet schudden', zegt Lena.

Papa en Lena lachen om het grapje. Dan zitten ze elkaar maar wat aan te kijken.

Papa is de eerste die iets zegt. 'Dat zijn een heleboel vragen, kindje. Ik geloof niet dat ik overal antwoorden op heb.'

Lena weet meteen op welke vraag ze wel een antwoord wil. Ze wil het nu weten.

Maar papa geeft haar niet eens de kans het te vragen, alsof hij haar gedachten kan lezen.

'Ik heb niemand anders, Lena', zegt hij.

'Echt niet?'

'Erewoord!'

'Waarom ga je dan weg?' vraagt Lena.

'Mensen gaan niet alleen maar uit elkaar omdat ze iemand anders hebben, hoor', legt papa uit.

Dat begrijpt Lena niet helemaal. 'Maar waarom dan wél?' wil ze weten.

'Omdat je mama en ik zoveel van elkaar verschillen', verklaart papa. 'Tenminste, dat denk ik.'

'Weet je dat dan niet zeker?'

Papa haalt zijn schouders op. 'Als je zo weinig praat als ik, kom je van jezelf en van anderen niet zoveel te weten', zegt hij. 'Ik weet wél dat mama mij een egoïst noemt.' Nu kijkt hij Lena onderzoekend aan. 'Weet je wat dat is?'

'Niet echt', geeft Lena toe.

'Iemand die alleen maar aan zichzelf denkt', legt papa uit.

Lena vraagt zich af of die uitleg bij hem past en of hij nu verwacht dat zij zal zeggen dat het niet zo is.

'En ze heeft gelijk', zucht papa, nog voor Lena iets kan antwoorden.

Gelukkig, denkt Lena, want ze vermoedt dat er echt wel iets van waarheid inzit. Een papa die, zoals de hare, zich opsluit op zijn zolderkamer of in een hut in het Buitenbos, zich kleedt in kleren die ervoor zorgen dat hij niet of nauwelijks wordt opgemerkt en zo stil is dat ze soms schrikt van zijn stem, die moet wel meer aan zichzelf denken dan aan anderen.

'Maar gaan jullie dan alleen maar daarom uit elkaar?' Lena vindt het nog steeds vreemd.

Papa knikt.

'Houden jullie dan niet van elkaar?' wil Lena weten. Ook al kan ze zich het antwoord zo wel voorstellen.

'Niet genoeg om de grote verschillen tussen je mama en mij er ons hele verdere leven bij te nemen', zegt papa.

Lena herhaalt die zin nog een paar keer in haar hoofd, op zoek naar de juiste betekenis.

Hoe vaker Lena de zin herhaalt, hoe meer woorden er wegvallen. Uiteindelijk blijft er enkel *je mama* over.

Je mama, je papa...

Ze spraken bijna nooit gewoon tegen elkaar, beseft Lena ineens.

Vraag even aan je mama... zeg even tegen je papa...

Alsof ze het steeds over iemand hadden die niet bij hen hoorde. Lena kan het zich niet anders herinneren.

En ze denkt aan het antwoord van mama toen ze vroeg hoe lang ze het al afgesproken hadden dat papa morgen...

Een poosje.

Een poosje kan net zo goed altijd zijn, weet Lena.

Ze balt haar vuisten. 'Jullie hadden het al veel eerder kunnen vertellen!' zegt ze.

Papa schrikt op uit de stilte. Hij probeert niet naar Lena te kijken.

'Je weet niet half hoe bang ik was', geeft hij toe.

'Bang?'

Hij knikt.

'Bang voor wat?'

Papa haalt zijn schouders op.

'Voor onze reactie?' vraagt Lena.

'Voor géén reactie', zegt papa. 'Eén dag lang het gevoel hebben dat niemand je zal missen, is nog altijd minder erg dan een paar weken...' zijn laatste woorden bibberen.

Lena weet niet hoe ze moet reageren. Ze weet ook wel dat ze lang op tranen heeft moeten wachten en dat haar eerste tranen niet eens echt waren.

Papa slikt. Zijn ogen in zijn hoofd proberen die van Lena te vangen.

Lena slaat haar arm om hem heen en legt haar hoofd in zijn zij. Lena voelt haar hart jagen.

Ze denkt: ik kan nu vertellen dat ik wél heel verdrietig ben en dat ik hem heel erg zal missen, maar dan lieg ik. Het is alsof ik nog nooit eerder met hem sprak. Hoe kan ik hem dan missen? Gewoon omdat hij morgen weg is?

Lena vindt dat de dames Dons haar een beetje verwijtend zitten aan te kijken. Alsof Lena hem met die gedachte een hoop onrecht aandoet.

'Ik moet eerlijk zijn', sist ze.

'Wat zeg je?' Papa kijkt omlaag naar het gezicht van Lena.

'De dames Dons hebben medelijden met je en vinden dat ik nu heel verdrietig *moet* zijn', zegt ze.

'En dat ben je niet?' vraagt papa.

Lena schudt haar hoofd. 'Niet echt verdrietig, denk ik.' Het zit Lena niet lekker dat ze het zegt, maar het *is* zo. 'Het is zo', fluistert ze naar Giraf.

Ze voelt hoe papa zit te knikken. Hij zucht en wrijft over zijn gezicht.

Lena kan zijn stoppels horen.

'Giraf zegt dat het ook mijn schuld is', zegt Lena.

'Doe niet zo gek', zegt papa. 'Het is mijn schuld! Ik met mijn eeuwige foto's en de vogels en de boeken waarin ik jullie nooit liet kijken, uit angst dat jullie ze zouden beschadigen. Het is echt...'

Lena snoert hem de mond. Iets waarvan ze nooit gedacht had het ooit te moeten doen. 'Waarom kom ik nu pas zo dicht bij je zitten?' vraagt ze. Ze is tegenover hem op haar knieën gaan zitten om hem goed in het gezicht te kunnen kijken. 'Dat kon toch vroeger ook al? Dat heeft niks met foto's en vogels en boeken te maken, hoor.'

'Waarom kwam ik nooit op de thee?' praat papa op haar in.

'Omdat ik het nooit vroeg?'

Papa knikt. 'Misschien', zegt hij.

'Als je hier niet meer zult zijn...' zegt Lena zacht, maar ze houdt zich in. Misschien dat hij zelf...

'Dan kom ik graag bij je op de thee', hoort ze hem zeggen.

'Afgesproken?' vraagt Lena.

'Afgesproken.'

Lena legt haar hoofd op papa's knieën.

En zo blijft het een poosje stil in Lena's kamer.

Deze stilte mag voor altijd, denkt ze.

Het is een stilte die meer zegt dan een mond ooit kan. Zelfs niet de mond van Landers vader en zijn nieuwe vriendin of de mond van mama als ze door de muren schreeuwt.

12.

Lena staat bij het slaapkamerraam.

Ze kijkt naar Stef, die harde ballen in het net trapt. Papa staat voorovergebogen en met open armen in het doel.

Maar hij vangt geen enkele bal. Eén keer heeft hij er eentje buiten kunnen houden. Met zijn neus! De bal kwam recht in zijn gezicht terecht. Stef ging geschrokken met zijn hand voor zijn mond bij papa staan. Papa liet hem zien waar de bal hem het hardst had getroffen. Toen kneep papa Stef in zijn neus en moesten ze allebei lachen.

Morgen is hij weg, denkt Lena.

Morgen
  is
  hij
  weg.

De woorden hebben nu misschien nog minder betekenis dan enkele uren geleden.

Ineens lijkt het zelfs of morgen is hij weg betekent dat hij er vaker zal zijn. Dat de papieren papa een stem krijgt, een huid en haar en een geur. Dat hij tot leven komt.

Stef trapt de bal hard in papa's buik. Hij komt niet meer bij van het lachen.

'Dat deed je met opzet', lijkt papa te roepen. Het kan ook iets anders zijn, maar hij roept!

Lena kan hem en Stef horen tot op haar kamer. Ze moet erom lachen. Haar adem maakt een mistige vlek op het raam.

Lena tekent er traag een vraagteken in. Met de onderkant van haar mouw veegt ze het weer weg.

'We zien wel', fluistert ze.

DEZE AL GELEZEN?

Dina is in de wolken. Zij krijgt een rol in een theaterstuk dat speelt in de grote Stadsschouwburg. Ze wordt stilaan een echte actrice. En nee, dat heeft ze niet aan haar grote zus te danken. Of toch? Een klein beetje wel misschien…

Maar het zit Dina niet mee. Mama vindt dat alles te snel gaat. Is Dina niet wat jong voor een rol in de schouwburg tussen al die grote mensen? En sinds Marlowies meedoet aan een missverkiezing, botert het ook al niet goed meer tussen de twee hartsvriendinnen. Heeft Martijn wel nog tijd genoeg om Dina te helpen met haar tekst, nu hij liever bij de mooie Marlowies rondhangt? Gelukkig is er Senne. Hij zal Dina wel leren wat het is om gewoon jezelf te zijn. Maar zijn dreadlocks en vieze kleren echt dé oplossing voor Dina?

Dina houdt van toneel. Jammer genoeg speelde ze nog maar één keer in een echte theatervoorstelling. Tot mevrouw Hartman, een belangrijke dame in de plaatselijke toneelgroep, Dina persoonlijk komt uitnodigen om een rol te spelen in haar volgende stuk. Dina's geluk kan niet op.

Meteen wil ze het iedereen vertellen! Maar mama heeft een nieuwe hobby waar ze helemaal in opgaat. En zus heeft een hoofd vol stress en vooral vol liefdesproblemen. Wanneer Dina's beste vriendin Marlowies uit vakantie terugkomt, heeft ook zij het te druk. Met bruin zijn en verliefd zijn. Dina lijkt wel onzichtbaar. Gelukkig is er Senne. Ze droomt er al van om samen met hem de hoofdrol te spelen in Belle en het Beest…